Luis Fernando Vidal

SAHUMERIO

Apresentação
Prof. Antonio Candido

Tradução
Cláudio Giordano

Copyright © 2021 Faria e Silva Editora

Editor
Rodrigo de Faria e Silva

Revisão
J.R. Penteado

Projeto gráfico
Carlos Lopes Nunes

Diagramação
Estúdio Castellani

Capa
Carlos Lopes Nunes

Dados Internacionais de Catalogação na Publicação (CIP)

Vidal, Luis Fernando;

Sahumerio / Luis Fernando Vidal, – São Paulo: Faria e Silva Editora, 2021.

96 p.

ISBN 978-65-89573-01-2

1. Literatura – Latino Americana

CDD 800

FARIA E SILVA Editora
Rua Oliveira Dias, 330 | Cj. 31 | Jardim Paulista
São Paulo | SP | CEP 01433-030
contato@fariaesilva.com.br
www.fariaesilva.com.br

APRESENTAÇÃO | *Prof. Antonio Candido*   6

SAHUMERÍO | SAHUMERIO   12|13

Nota a esta edição   94

APRESENTAÇÃO

Este texto de Luis Fernando Vidal é extraordinário pela originalidade da concepção e da escrita. Descreve na chave da mais liberada fantasia uma famosa procissão anual da cidade de Lima, acontecimento que serve também para manifestar aliança da Igreja católica com os poderes e ele transforma em gigantesco evento carnavalizado. Um dos traços singulares de Sahumerio é que a narrativa trepidante se alastra por dezenas e dezenas de páginas desprovidas de ponto, embora tenham os outros sinais. Resulta um período único, baseado numa espécie de enumeração infinita e modulado pelo próprio ritmo do discurso.

Luís Fernando Vidal já tinha experimentado esse tipo de redação contínua em contos breves do seu livro de 1977, El tiempo no es, precisamente, una botella de champán, mas em Sahumerio (1981) ela explode de maneira quase triunfal, que parece transformar a realidade em fantasia delirante, num atropelo incrível de pessoas, atos, cenas, coisas e sonoridades. No fundo, sempre alerta, a mais acerada sátira social, como se o *establishment* e a situação de ditadura do Peru, mas também o dia-a-dia da população fossem submetidos a um tratamento cômico e sarcástico, além de saborosamente pitoresco, que transfigura a realidade ao submetê-la com vivacidade jovial à lanceta da caricatura.

Sahumerio é um prodígio de imaginação estilística, voltada para expor a realidade a partir de ângulos inesperados. É uma sátira carregada de sentidos que, no entanto, deve ser apreciada como sendo ao mesmo tempo tributária da gratuidade, do mero prazer de associar dados e degustar palavras. O resultado é que a procissão carnavalizada transcende a cidade de Lima, para se tornar uma farândula fantástica.

Sem perder o cunho humorístico de grande farsa alegórica, expressa num eficiente estilo dual de caráter joco-sério, o relato sustenta bem a tonalidade crítica burlesca devido à voz narrativa que Luis Fernando Vidal inventou, marcada por um toque meio sonso que ao mesmo tempo alivia e acentua a força da sátira. Às vezes parece que estamos presenciando uma espécie de procissão de doidos à maneira de Jerônimo Bosch, mas logo sentimos que se trata de exposição lúcida, programada com bom humor, graças à qual o autor pode delinear um retrato da sociedade. E então vamos nos deixando levar pelo fluxo verbal, quase forçados a ler no mesmo ritmo vertiginoso do discurso, ofegando um pouco, percebendo o desenrolar dos episódios, mas nos sentindo meio confusos no turbilhão do período único, recorrente, sem comportas, que nos mantém na espera frustrada do ponto que não aparece. Período que é uma verdadeira representação icônica do caudal sem fim.

    Luis Fernando Vidal, falecido na quadra dos quarenta anos por atropelamento, foi, além de poeta e contista, professor da Universidade de San Marcos, de Lima (Peru) e autor de valiosos estudos críticos, com interesse especial pelos métodos de ensino da literatura.

Nós nos conhecemos em Lima por intermédio do amigo comum Hildebrando Pérez e nos ligamos imediatamente a ele, minha mulher Gilda e eu, por um afeto marcado pela mais calorosa afinidade. A seguir nos correspondemos e convivemos em outras estadas no Peru. Era um amigo encantador, espirituoso e arguto, muito penetrante nos juízos. Interessado pela literatura brasileira, traduziu, entre outros, textos de Eduardo Portella, Mattoso Câmara Jr., Haroldo de Campos e meus. E como vinha travando relações com diversos colegas brasileiros, penso que acabaria vindo dar cursos aqui se não fosse a morte trágica.

Antonio Candido

*Tras um mundo em ruinas, columnas truncas
y caídos bloques, bajo bombas y llanto,
nieblas de cólera sobre los verdes prados.*

Jorge Eduardo Eielson

Depois de um mundo em ruínas, colunas partidas e blocos tombados, sob bombas e pranto, névoas de cólera sobre os verdes prados.

Jorge Eduardo Eielson

SAHUMERÍO

SAHUMERIO*

*Sahumerio: Defumação, incensório.

*A*quel mes de octubre, todo el mundo preguntaba, con la mirada pueril de la incertidumbre, ¿por dónde andará el Señor?, y, entonces, uno, elevando los ojos daba señas, para llegar o no llegar, acordándose o calculando por donde estaba la pelotera de gente a pie o motorizada, y la nube de vendedores de butifarras, bebidas gaseosas, anticuchos, turrón de Pepa, picarones, detentes, hábitos y cordones benditos, indulgencias papales, tierrita de la Tierra Santa a diez libras bolsita, astillas de la cama de Santa Ana, frasquitos con agua de mismísimo río Jordán, amuletos contra el mal de ojo, escobitas de San Martín de Porras, cachorros de pastor alemán y la bulla empecinada de los cláxons de los infaltables jijunas que, no contentos con

Naquele mês de outubro, todos perguntavam, com ar infantil de incerteza, "por onde andará o Senhor?", e então alguém, erguendo os olhos, dava sinais de que se aproximava, ou de que não, percebendo ou calculando por onde estaria a balbúrdia de gente a pé ou motorizada, e a nuvem de vendedores de chouriço, refrescos, espetos de fígado, torrone de Pepa, *picarones*, santinhos do Sagrado Coração de Jesus, camisetas e cordões bentos, indulgências papais, punhadinhos de Terra Santa a dez libras o saquinho, lascas da cama de Santa Ana, vidrinhos com água do verdadeiro rio Jordão, amuletos contra mau olhado, escovinhas de São Martinho de Porras, filhotes de pastor alemão e a zueira obstinada de buzinas dos indefectíveis filhos da...

llenarmos de humo, sumaban a la leonera el fastidio de su malcriadez pip pip y no dejaban elevar el espíritu ni rezar pip pip ni mucho menos embromar, con todo lujo de detalles y el respeto debido pip a los mismísimos policías que ya no sabían por dónde pip y no alcanzaban a discernir hacia qué lugares dirigirse y dirigir el tránsito, todo porque ese año el ancargado de proyectar los planos de recorrido de la procesión, aturdido tal vez por la inmensidad del asunto o borracho o fastidiado por alguna pelea con su mujer o quizá por la despreocupación del cargo ad-honorem, o simplemente por joder, resolvió el berenjenal de rutas de los cientos de procesiones anteriores en un plano grandote, interminable, especie de potpourri o de long play, que corregía diariamente con una terquedad que le cerraba los sentidos, hasta que, al fin, harto del asedio de la Comisión de Itinerario entregó el trazado enorme, plagado de infinitas sendas de colores y una maraña de flechitas indicadoras, y ahí lo teníamos al Cristo Morado, dándose de topetazos por las calles repletas de fieles, cada día más lejos de su sede de Las Nazarenas, en tanto que la gente de las provincias cercanas y todos aquellos que pudieran

que, não contentes em encher-nos de fumaça, somavam à bagunça o enfado de sua grosseria pip pip e não deixavam elevar o espírito nem rezar pip pip e menos ainda enganar, com requinte de detalhes e o devido respeito pip aos próprios policiais que já não sabiam por onde pip e não conseguiam decidir para onde ir e orientar o trânsito, tudo porque nesse ano o encarregado de projetar os planos do percurso da procissão, atordoado talvez pelo tamanho da coisa, ou bêbedo ou aborrecido por qualquer discussão com sua mulher, ou quiçá pela despreocupação do cargo *ad-honorem*, ou simplesmente para melar a coisa, resolveu o emaranhado de vias das centenas das procissões anteriores num plano gigante, interminável, espécie de *potpourri* ou de *long-play*, que corrigia diariamente com uma teimosia que lhe tolhia os sentidos, até que, por fim, cansado do assédio da Comissão de Itinerário, entregou o mapa enorme, cheio de infindáveis traçados coloridos e uma confusão de flechinhas orientadoras, e lá tínhamos então o Cristo Roxo, cabeceando pelas ruas cheias de fiéis, cada dia mais longe de sua sede de Las Nazarenas, enquanto a gente das províncias próximas e todos os que

pagarse el pasaje en avión o en automóvil expreso, avisados de la inusual duración de las fiestas, venían en oleadas a dejar diezmos y primicias a esa Lima que se hacía nudos por diferentes barrios, los populosos y populares, se entiende, mientras en las agencias de transportes, los empresarios, contando ganancias y haciendo proyecciones, pensando ya en aumentar unidades y alzar los pasajes, con la angustia de algún intempestivo final, hacían la única pregunta que todos nos hacíamos: ¿todavía sigue el Señor?, desesperando porque no se daban abasto, teniendo como tenían frente a sus puertas la trocatinta de las colas de pasajeros que, ya en Lima, convertían las calles en un río interminable que hormigueaba sobre el asfalto buscando ubicación, alojamiento, comida, amistades, comprovincianos, conocidos, porque no había quién se privara de echarse a las calles vistiendo el hábito morado de los hermanos del Señor, no cargara descalzo su propia cruz de madera, no cubriera su rostro con caperuza, fajándose en penitencia cadenas o cilicios, desgranando oraciones en rosarios que tenían metros de metros, o dejara de sacar a sus enfermos a orearse a la puerta, al balcón o a la azotea y,

puderam pagar a passagem de avião ou de automóvel expresso, avisados da insólita duração das festas, vinham em ondas deixar dízimos e primícias a essa Lima que dava nós por diferentes bairros, os populosos e populares, entenda-se, enquanto nas agências de transportes, os empresários, contando os lucros e fazendo projeções, pensando já em pôr mais unidades e aumentar as passagens, com medo de um final inesperado, faziam a única pergunta que todos nós repetíamos: ainda segue o Senhor?, desesperando porque não se tomavam providências, tendo como tinham diante de suas portas a troca confusa das filas de passageiros que, já em Lima, convertiam as ruas num rio infindável que formigava sobre o asfalto, buscando destino, alojamento, comida, amigos, conterrâneos, conhecidos, pois não havia quem deixasse de sair às ruas vestindo o hábito roxo dos irmãos do Senhor, não carregasse descalço sua própria cruz de madeira, não cobrisse o rosto com capuz, envolvendo-se por penitência com cadeias ou cilícios, debulhando orações em rosários que tinham metros e metros, ou deixasse de trazer seus doentes para tomar ar na porta, na sacada, no

arrojando pétalos y preces al anda bendita, no esperase acabara al fin su salazón, porque, según el decir de un respetable misionero, en la ciudad capital, el país entero parecía estar lavando sus culpas, con aquella inacabable peregrinación que santificaba sus calles, donde, contrito, las manos en el pecho o, de purita casualidad, en alguna cadera, los ojos en el cielo o en algún escote generoso, cuando no bien pegadito a alguna hembra bien dispuesta, el que menos, buscando cómo iniciar conversación caminando casi por inercia, apenas si se percataba que el tiempo de los calendarios no coincidía con los tiempos de la fe, pues ya hacía una semana que el anda de oro y plata estaba en las calles y, perplejos, empezábamos a constatar que por donde pasara la imagen del crucificado era tan grande el gentío, multitudinaria la cantidad de fieles, curiosos, nosotros y de los otros, que el calor de los cuerpos, la sudadera infernal, sumados a la típica humedad de Lima y al humito persistente de los cirios, ascendían y se condensaban en pequeñas nubes que, de improviso, se rasgaban y rociaban calenturas con una garúa rarísima por el color y la consistencia, que se dejaba sentir como milagro oh

terraço e, atirando pétalas e preces ao andor bendito, não esperasse se completasse afinal sua purgação, porque, segundo a palavra de respeitável missionário, na cidade capital, o país inteiro parecia estar lavando suas culpas, com aquela interminável peregrinação que santificava suas ruas, onde, contrito, as mãos no peito ou, por mera casualidade, em alguma anca, os olhos no céu ou em algum decote generoso, quando não grudadinho numa fêmea bem torneada, ou quando menos buscando um jeito de conversar, caminhando quase por inércia, somente se precavia de que o tempo dos calendários não coincidisse com os da fé, pois já fazia uma semana que o andor de ouro e prata estava nas ruas e, perplexos, começávamos a perceber que por onde passava a imagem do crucificado era tão grande o povo, multitudinária a quantidade de fiéis, de curiosos, nós e dos outros, que o calor dos corpos, o suadouro infernal, somados à típica umidade de Lima e ao vaporzinho persistente dos círios, subiam e condensavam-se em nuvenzinhas que, de repente, abriam-se e orvalhavam ardores numa garoa raríssima pela cor e consistência, que se fazia sentir como milagre oh maravilha do

maravilla del Señor acompañando el anda que, con lento paso, dejaba tras de sí millares de objetos, cientos de niños, zapatos y señoras aliviando su cansancio en el canto de las aceras, con las faldas alzadas sobre los muslos y abriendo en horqueta los dedos de los pies, para dejar que el viento refrescara sudores, llagas y ampolladuras, entre cerros de basura que lamía morosamente el agua percudida de la lluvia, material para los periodistas especializados, que no perdían oportunidad para criticar lo mal que andábamos de baja policía, incentivando, a su vez, la casi neurótica preocupación de los técnicos en conservación del medio ambiente, que ponían en guardia a las autoridades sanitarias que, pensando ya de dónde obtener fondos para su campaña contras las ratas, ring ring, llamaban de inmediato la atención al los alcaldes que, rojos de ira, al borde del colapso y la no confirmación en el cargo, jalaban las orejas a los encargados, y estos a los obreros municipales, porque, sí señor, era un asco la ciudad, para escándalo de las inacostumbradas narices de los cientos de turistas fof que empezaron a llegar en aquellos tours que se organizaron tan pronto se olió que la procesión no

Senhor acompanhando o andor que, a passo lento, deixava atrás de si milhares de objetos, centenas de meninos, sapatos e senhoras, aliviando o cansaço no canto das calçadas, com as saias erguidas sobre as coxas e abrindo em forquilha os dedos dos pés para deixar que o vento refrescasse suores, feridas e bolhas, entre montes de lixo que a água suja da chuva lambia morosamente, matéria para os jornalistas especializados, que não perdiam ocasião para criticar quão ruim estava nossa limpeza pública, incentivando por sua vez a preocupação quase neurótica dos técnicos em conservação do meio ambiente, que punham de sobreaviso as autoridades sanitárias, as quais, matutando de onde arrancar fundos para sua campanha contra as ratazanas, ring ring, chamavam logo a atenção dos prefeitos que, vermelhos de cólera, à beira do colapso e da não confirmação no cargo, puxavam as orelhas dos responsáveis, e estes as dos servidores municipais, porque, sim senhor, era uma nojeira a cidade, para escândalo dos narizes desacostumados das centenas de turistas fof que começaram a chegar naquelas excursões organizadas, tão logo se suspeitou que a procissão não dava sinal de

presentaba trazas de acabar y, claro, no era justo, no, no era posible ofender así a los curiosos galos, sajones, yanquis, bávaros, escandinavos y nipones que, agarraditos de las manos, haciendo soga para no perderse y sujetando el temor y sus bolsos repletos de souvenirs y de agua de colonia para el sofocamiento, clic, nos hacían imperecederos, en tanto, con el asombro puesto en las miradas, trataban de ubicar todo aquello que el altavoz del guía les iba indicando, mezclando con la descripción una disculpa, en estricto cumplimiento de las disposiciones del ministerio del ramo, ya que no era posible fo que si los alcaldes declaraban haber colocado comedidas brigadas de barredores tras de las cuarentiún cuadras de procesión, la ciudad siguiese oliendo como olía, como tampoco era justo que por intrincado que fuera el problema habitacional, y para escarnio de la cortesía limeña, los turistas, habráse visto, tuvieran que hacer lo mismo que hacía la multitud llegada de provincias, que dormia de pie, librada a los vaivenes de la corriente que los llevaba cumplidamente por calles y por plazas, días de días; por todo eso, era urgente, urgentísimo estudiar una solución, gritaba entre manotones el

acabar e, claro, não era justo, não, não era possível ofender assim curiosos, gauleses, saxões, ianques, holandeses, escandinavos e japoneses que, de mãos dadas, fazendo fila para não se perderem, submetendo o medo e seus bolsos cheios de suvenires e de água de colônia, para o sufoco, clic, nos faziam imperecíveis, enquanto, com o espanto manifesto nos olhares, procuravam localizar tudo que o alto-falante do guia ia indicando, misturando com a descrição uma desculpa, no estrito cumprimento das disposições do ministério público competente, já que não era possível fof que, se os prefeitos declaravam ter colocado discretas brigadas de varredores nas quarenta e uma quadras da procissão, a cidade continuasse cheirando como cheirava, como também não era justo que por mais intrincado que fosse o problema habitacional, e para escárnio da cortesia limenha, os turistas, acabou-se vendo, tiveram que fazer o mesmo que fazia a multidão vinda das províncias, que dormia em pé, ao sabor dos vaivéns da corrente humana, que os levava inexoravelmente por ruas e praças, dia após dia; por tudo isso, era urgente, urgentíssimo estudar uma solução, gritava fazendo

Premier, tratando de quitarse de encima a los periodistas extranjeros, al tiempo que recomendaba, casi ordenaba a las agencias de turismo pasear a los visitantes única y exclusivamente en enormes y asépticos buses, cambio que, de seguro, ellos aceptarían, pues, aunque privados de las emociones que se anunciaban en los folletos de propaganda y a que daba derecho el tour, sonreían y nos señalaban con sus blancos deditos regordetes, preguntando qué ser eso, cuando a alguien se le cayó una botella de gasolina justo en el momento en que el anda del Señor de los Milagros, *entre nubes de incienso y al son de trompeta, clarín y tambor,* levantaba un rumor como de playa pedregosa o de colmena alborotada, en impredecible caminata por barrios que jamás se pensaría visitara, en un recorrido de nunca acabar y cuya traza infinita motivó que la Hermandad de Cargadores, muy a su pesar y muy a pesar del Secretario de la Cooperativa y de la Sociedad de Auxilios Mutuos, que puso un muro de reparos, a los diez días exactos decretara la formación de cuatro nuevas cuadrillas para hacer frente a la situación de emergencia, que ya excedía la humanamente aguantable y rebasaba con holgura

funil com as mãos o Ministro, esforçando-se por livrar-se dos jornalistas estrangeiros, ao passo que recomendava, quase ordenava, às agências de turismo, transportar os visitantes única e exclusivamente em ônibus enormes e limpos, troca que, seguramente, eles aceitariam, pois, embora privados das emoções anunciadas nos prospectos de propaganda e a que dava direito a excursão, sorriam e nos faziam sinal com seus brancos dedinhos gorduchos, perguntando que ser isso, quando alguém deixou cair uma garrafa de gasolina bem na hora em que o andor do Senhor dos Milagres, *entre nuvens de incenso e ao som de trombeta, clarim e tambor,* levantava um rumor como de praia pedregosa ou de colmeia alvoroçada, em indizível caminhada pelos bairros que jamais se pensaria visitar, num percurso interminável e cujo traçado infinito levou a Irmandade de Carregadores, mui a contragosto desta e do Secretário da Cooperativa e da Sociedade de Ajuda Mútua, que levantou um muro de objeções, decretando ao cabo exato de dez dias a formação de quatro novos grupos para fazer frente à situação de emergência, que já ultrapassava a humanamente suportável

los turnos triples de carguío, implantados en la creencia en las bondades inmediatas de millonario donativo de vitaminas y reconstituyentes que habían hecho públic, con bombos y platillos, televisión y cuanta macana hay, los laboratorios Erba, Sanitas y Magma, porque la fuerza no alcanzaba y los hombres estaban rendidos, no obstante se destinase una partida especial para linimento y alimentos debidamente balanceados, y que los Concejos Distritales, para estimular, diesen tumultuosos agasajos, aunque, a decir verdad, allí, entre mares de licor y el exceso de las mesas y de las musas generosas, muchas cuadrillas fueron virtualmente diezmadas, pues la competencia que se entabló entre las autoridades municipales confundía las proporciones, como que no era a beneficio de la fe, sino para agarrarse a sus cargos con uñas y méritos ante la inminencia de evaluación y confirmación, y eso explicaba por qué en El Rímac, por ejemplo, se comprometiese a la Cervecería Cristal a fabricar unas botellitas que apenas contenían un miserable vaso para regalar la sed de los fieles, que se peleaban por el regalito, regalito al fin, y amagaban desbandarse, obligando al Cardenal a levantar la voz y

e excedia com folga os turnos triplicados de transporte, implantados na ilusão das bondades imediatas de donativo milionário de vitaminas e reconstituintes, que haviam feito publicamente, com bumbos e pratos, televisão e todo tipo de engodo, os laboratórios Erba, Sanitas e Magma, porque a resistência não era suficiente e os homens estavam esgotados, apesar de se destinar um lote especial para fricções, e alimentos devidamente balanceados, e os Conselhos Distritais darem, como estímulo, festejos tumultuados, embora, a bem da verdade, ali, entre mares de licor e o excesso das mesas e das musas generosas, muitos grupos foram virtualmente dizimados, pois a disputa que se armou entre as autoridades municipais confundia as proporções, uma vez que não o faziam em benefício da fé, e sim para apegarem-se a seus cargos com unhas e méritos diante da iminência de avaliação e confirmação, e isso explicava por que em El Rimac, por exemplo, se obrigasse a Cervejaria Cristal a fabricar garrafinhas que mal continham um miserável copo para matar a sede dos fiéis, que disputavam o presentinho, presentinho afinal, e ameaçavam debandar, obrigando o

amenazar a los díscolos con una excomunión más mortífera que la viruela negra; o también explicara por qué en El Agustino, por poner otro caso, en ofrenda del Señor inauguraran un servicio de agua potable que ascendía hasta la última casita del cerro, pero que desde esa fecha hasta hoy solamente sirve de conductor de arañas y de voraces hormigas rojas; y por qué, por último, en Pueblo Libre, al paso de anda, se construyera un castillo gigantesco, portento pirotécnico que después de arder ocho entretenidas horas, dejó libre una vacaloca que, claramente, dijo amén, como fin de fiesta y fin del alcalde que se gastó medio presupuesto anual en aquellos fuegos japoneses; sin embargo, la gente todavía pasaba por alto estas cosillas, porque por todos lados le decían que todo se trastocaba, como si la lógica de los sucesos fuese arena mojada puesta al sol, porque vivíamos un milagro que, como tal, era una violación de lo predecible, según difundían los periódicos y las emisoras de radio y de televisión y sentenciaba nuestro sabio Cardenal y Arzobispo de Lima, mirando con piadosos ojos miopes, oh santo varón en helicóptero, el anda y sus casi cincuenta calles repletas de fieles, ya bastante cerca del

Cardeal a erguer a voz e ameaçar com uma excomunhão mais mortífera que a peste negra; ou também explicaria por que em El Agustino, para dar outro exemplo, em ofertório ao Senhor, inauguraram um serviço de água potável que subia até a última casinha do morro, mas que, desde essa data até hoje, serve apenas de condutor de aranhas e vorazes formigas vermelhas; a porque, finalmente, em Pueblo Libre, a passos de andor, construíra-se gigantesco castelo, portento pirotécnico, que depois de arder durante oito alegres horas, deixou às soltas uma vacalouca que, claramente, disse amém, como fim de festa e fim do prefeito, que consumiu metade do orçamento anual naqueles fogos japoneses; nada obstante, o povo ainda deixava barato essas coisinhas, pois por todos os lados lhe diziam que tudo estava mudado, como se a lógica dos acontecimentos fosse areia molhada posta ao sol, porque vivíamos um milagre que, como tal, era uma violação do previsível, conforme divulgavam os periódicos e as estações de rádio e de televisão e sentenciava nosso sábio Cardeal e Arcebispo de Lima, olhando com piedosos olhos míopes, ó varão santo num helicóptero!, o andor e suas quase

proscenio de homenaje que se alzaba desde hacía muchos días en la Plaza de Armas, frente a Palacio de Gobierno, y asentíamos, ya que nadie podía negar que Lima vivía una estación especial, como que tras el delirio empezaron a resurgir algunas realidades a las que no pudo negarse el Presidente de la República ni sobreimponerse la prédica religiosa, advirtiendo contra las exageraciones malintencionadas de los disociadores y aprovechados, que el diablo freiría en aceite y la policía molería a palos, cuando los fabricantes de velas, de fideos, de fósforos, de tela morada y de galletas elevaron un memorial solicitando, por esta única vez, autorizar la importación de materia prima para cubrir la especial y prioritaria demanda nacional, por este año, nomás, explicaban, que ya ellos tratarían de tomar sus providencias para el año venidero, claro que sin prometer nada puesto que, sonreíamos, cálculos no se podían hacer, ya que acogiéndonos a lo dicho por el santo Cardenal, estábamos en el reino de lo imprevisible y, no importando que los precios subiesen, había que sosegarse, acumular templanza, tratar de entender los altos designios y agradecer que hubiera, con lo que se empezaron a correr

cinquenta ruas repletas de fiéis, já bastante perto do proscênio de homenagem, erguido há muitos dias na Praça das Armas, diante do Palácio do Governo, e concordávamos, uma vez que ninguém podia negar que Lima vivesse uma temporada especial, porquanto, devido ao delírio, começaram a reaparecer algumas realidades às quais não pôde esquivar-se o Presidente da República nem sobrepor-se à pregação religiosa, advertindo contra os exageros mal intencionados dos desagregadores e oportunistas, que o diabo cozinharia em óleo e a polícia moeria a pauladas, quando os fabricantes de velas, de aletria, de fósforos, de tecido roxo e de biscoitos redigiram um memorial solicitando, apenas por essa vez, que se autorizasse a importação de matéria prima para suprir a especial e prioritária demanda nacional, somente nesse ano, explicavam, pois eles procurariam tomar providências para o próximo ano, claro que sem prometer nada, porquanto, sorríamos, não se podiam fazer cálculos, já que, segundo a palavra do santo cardeal, estávamos no reino do imprevisível e, independentemente da alta dos preços, impunha tranquilizar-se, acumular moderação, procurar entender os altos desígnios

bromas a diestra y siniestra sobre los problemas de la fábrica de hostias de bondadoso Primado, pero, los chistosos ya no sonrieron cuando escasearon la carne, las papas, la verdura, el azúcar, el arroz, la sal, en una cadena que rápidamente resucitó los viejos estanquillos donde había que rogar más que en la iglesia para que le vendieran siquiera un kilito de cualquier cosa y sudar la gota gorda en colas que crecían, como crecían los rumores que nos hacían ir de un lado a otro de la ciudad en busca de algún producto, como confundían los comunicados del Gobierno diciendo que la escasez era artificial y, al mismo tiempo, elevando precios para incentivar a los vendedores minoristas, haciendo que se desorientaran los que creían todavía que la santificación de Lima, traía consigo la limpieza del régimen y la bondad de los capitalistas, y entonces preguntaban ¿dónde estará la procesión?, como preguntaban todos, en la esperanza de que estuviera por entrar en Las Nazarenas, como inquirirían entre escupitajos y maldiciones los errabundos choferes obligados a cambiar sus rutas y su rutina por una paciencia que tenía sabor a desconcierto, porque la gente andaba como sin brújula, no empece *El Comercio* publicaba

e agradecer que existissem, e com isso começaram a correr gracejos à direita e à esquerda sobre os problemas da fábrica de hóstias de bondoso Primaz, mas os espirituosos já não sorriram quando faltaram a carne, as batatas, a verdura, o açúcar, o arroz, o sal, numa cadeia que rapidamente ressuscitou os velhos estandes onde era preciso suplicar mais que na igreja para que vendessem ao menos um quilinho de qualquer coisa e suar aos cântaros formando um caudal que crescia, como cresciam os rumores que nos faziam ir de um lado para outro da cidade em busca de algum produto, como confundiam os comunicados do Governo, dizendo que a escassez era artificial e, ao mesmo tempo, elevando os preços para incentivar os vendedores minoritários, levando à desorientação os que acreditavam ainda que a santificação de Lima trazia consigo a limpeza do regime e a bondade dos capitalistas, e então perguntavam onde estará a procissão?, como perguntavam todos, na esperança de que estivesse para entrar em Las Nazarenas, como indagavam entre cusparadas e maldições os desnorteados motoristas, obrigados a trocar suas rotas e rotina por uma paciência que tinha

diariamente un boletín, a modo de guía, que era más bien un pronóstico que, en las postrimerías, en vista de que faltaban muy pocas calles por recorrer, se fue haciendo más certero, ganando la confianza de la gente que buscaba movilizarse, por supuesto que estirando el dinero hasta no más para hacer multitud de conexiones y curándose el hígado en salud, porque los ómnibus debían hacer recorridos inesperados y los taxis se negaban a ir por tal o cual lugar y si usted insistía, le triplicaban las tarifas lo que significaba en contante y sonante casi tanto como un viaje a Europa, pero, contra viento y marea, allá íbamos los ciudadanos, llevando en repletas portaviandas la comida calientita para alimentarnos y alimentar a los parientes que se negaban a abandonar penitencia y procesión, claro que siempre y cuando se les localizase, asunto en verdad peliagudo, como que muchas familias dejaron de verse varios días, y entonces, ante la inminencia de que la comida se malograse en esa búsqueda de nunca acabar, se le daba de comer al primero que cayese en simpatía, con la esperanza de que alguien hiciera lo mismo con los familiares de uno, con un espíritu de desprendimiento realmente inusual en

sabor de frustração, porque as pessoas andavam como sem bússola, não obstante *El Comercio* publicar diariamente um boletim, a modo de guia, que era antes um prognóstico, o qual, no fim das contas, dado que faltavam pouquíssimas ruas a serem percorridas, foi acertando, ganhando a confiança das pessoas que tentavam locomover-se, claro que esticando o dinheiro ao máximo para efetuar as inúmeras conexões e poupando o fígado, porque os ônibus tinham de fazer percursos inesperados e os táxis negavam-se a ir por esta ou aquela parte, e se você insistisse, triplicavam as tarifas, o que equivalia em moeda sonante a quase tanto quanto uma viagem à Europa; mas, contra o vento e a maré, lá íamos os cidadãos, carregando em lancheiras repletas a comida quentinha para alimentar-nos e alimentar os parentes que se recusavam a abandonar a penitência e a procissão, claro que sempre e quando as localizassem, assunto em verdade espinhoso, sendo que muitas famílias deixaram de ver-se vários dias e então, face à iminência de a comida faltar nessa busca sem fim, dava-se de comer ao primeiro que caísse em simpatia, na esperança de que alguém fizesse o mesmo com

Lima, y que contrastaba con la actitud de algunos sacrílegos que, en sus oficinas, seguramente a falta de algo mejor qué hacer, apostaban fuertes sumas de dinero a cuándo y por dónde pasaria la procesión y qué día llegaria el Cristo a su sede en Las Nazarenas, juego malévolo que transcendió tanto que la autoridad del ramo, con la inteligencia y previsión que la caracteriza, creyó pertinente declarar feriado el día en que la procesión pasase por tal o cual zona de la ciudad, pensando que cerradas las oficinas...pero con tanta mala suerte que lejos de aminorar las apuestas, el decreto dio origen a una especie de timba institucionalizada, con personería legal y todo, y que desde el saque empezó a rendir buenos dividendos, porque el juego se expandió al lo largo del país, generando un interés que congestionó oficinas, teléfonos y redes telegráficas, acrecentó la cantidad de viajeros a Lima y agravó las escaseces y la falta de alojamiento y el ausentismo en los centros de trabajo provinciales y, además, la necesidad de la gente por crearse cualquier ocupación con qué sobrevivir; carretilleros que se encargaban de conducir a los ancianitos en plena procesión, zapateros remendones que en un santiamén

os seus familiares, mostrando espírito de desprendimento deveras inusitado em Lima, e que contrastava com a atitude de alguns sacrílegos que, em seus escritórios, certamente por falta de coisa melhor para fazer, apostavam grandes quantias em quando e por onde passaria a procissão e em que dia chegaria o Cristo em Las Nazarenas, jogo maléfico que se excedeu tanto, a ponto de a autoridade competente, com a inteligência e previsão que a caracterizam, acreditar oportuno declarar feriado o dia em que a procissão passasse por esta ou aquela área da cidade, julgando que, fechados os escritórios... mas, com tanta falta de sorte que, longe de diminuir as apostas, o decreto originou uma espécie de jogo de azar institucionalizado, com respaldo legal e tudo, e que, desde o início começou a render bons dividendos, pois o jogo expandiu-se pelo país todo, provocando uma procura que congestionou escritórios, telefones e redes telegráficas, aumentou a quantidade de viajantes em Lima e agravou o abastecimento e a carência de alojamento e o abstencionismo nos centros de trabalho das províncias, além da necessidade das pessoas arranjarem qualquer emprego para sobreviver:

le ponían mediazuela, taco y si lo deseaba le cambiaban el color a sus zapatos, zurcidoras de medias nylon, fabricantes de periscopios, hombres fuertes que a pulso hacían un circulito para que usted rezara con toda unción y sin preocuparse de ladrones, sanitarios que le ofrecían la ansiada posibilidad de dar tránsito a sus necesidades más íntimas en pequeñas casetas portátiles, con tasa, espejo y hasta cañito para lavarse las manos, mensajeros que por un módico precio informaban a la familia acerca del lugar donde uno se hallaba y, por un pago extra, permitían su localización mediante el alquiler de chalequitos fosforescentes, también había reemplazantes en el trabajo, cargadores de niños, vendedores-lavadores-secadores de pañales, prendedores de velas a los que misteriosamente ayudaban los vientos de San Andrés, atareadísimos pedicuros, proveedores de agua con palangana y toalla para que usted se lavara la cara en plena procesión o que le alcanzaban solícitamente un lavatorio con agua salada para que ahí mismito usted desinflamara sus pies; además, guarderías infantiles y botiquines ambulantes, hombrecitos con hilo y aguja en mano que le remediaban cualquier deterioro de la ropa o

condutores de carrinhos de mão dispostos a transportar velhinhos em plena procissão, sapateiros remendões que em minutos trocavam meia sola, salto e, se o quisessem, mudavam a cor dos sapatos, cerzidoras de meias de náilon, fabricantes de periscópios, homens fortes que, no braço, faziam roda para que você rezasse com toda a unção e despreocupado de ladrões; sanitários que ofereciam ao cliente a ansiada possibilidade de dar vazão às suas necessidades mais íntimas em casinhas portáteis, com vasilha, espelho e até torneirinha para lavar as mãos; mensageiros, que por preço módico, informavam a família sobre o lugar onde alguém estava e, mediante taxa extra, possibilitavam localizá-lo, alugando coletezinhos fosforescentes; havia também substitutos no trabalho, carregadores de crianças, vendedores-lavadores-secadores de fraldas, prendedores de velas aos quais misteriosamente ajudavam os ventos de Santo André, pedicures atarefadíssimos, fornecedores de água com bacia e toalha para que a pessoa lavasse o rosto em plena procissão, ou que traziam solicitamente um lavatório com água salgada para que ali mesmo a pessoa desinchasse os pés; acrescentem-se a guarda

le ofrecían su canje por multicolores camisas, pantalones de toda moda o chaquetas desechables made in Taiwán; igualmente encontraba improvisados enfermeros que la práctica iba trocando especialistas en respiración artificial boca a boca, piadosas señoras que, no se sabe cómo, por una buena propina, atravesaban la marejada de cuerpos, de gritos, la apretujadera infernal y canjeaban el ramito de flores frescas que usted les entregara por uno marchito pero con el incomparable privilegio de provenir de anda del Señor; había también calígrafos que haciendo gala de un equilibrio increíble, le escribían con la letra más hermosa que jamás haya visto, la carta que a usted se le diera la gana dictarles, sin detenerse ni detenerlo, y ellos mismos, con absoluta garantía, señor, la depositaban en la oficina de correos; en suma, todo un mercadillo constituido por una larga caravana de más de quinientas carretillas, con un sinfín de cosas y servicios, además de frutas y verduras y comida que siempre se anunciaba fresca, abundante, barata y que parecía un espejismo en la escasez, como este río travieso que en un ir y venir constante circulaba sin rumbo preciso a lo largo y ancho de la nebulosa

de crianças e farmácias ambulantes, homenzinhos com linha e agulha nas mãos, que consertavam qualquer dano de roupa ou propunham trocá-la por camisas multicoloridas, todo tipo de calças ou jaquetas horríveis *made in* Taiwan; encontravam--se outrossim enfermeiros improvisados, que o uso ia tornando especialistas em respiração artificial boca a boca, senhoras piedosas que, não se sabe como, por boa gorjeta, atravessavam o mar tumultuado de corpos, de gritos, o aperto infernal e trocavam o raminho de flores frescas que você lhe dava, por outro murchinho mas com o privilégio incomparável de ter vindo do andor do Senhor; havia também escrivães que, exibindo incrível equilíbrio, escreviam com a mais bela letra jamais vista, a carta que você cismasse de ditar-lhes, sem se deterem nem o interromperem e, eles mesmos, com absoluta garantia, senhor, depositavam-na na caixa do correio; em suma, um mercadinho completo formado por ampla caravana de mais de quinhentos carrinhos, com um sem-fim de coisas e serviços, além de frutas e verduras e comida sempre anunciada como fresca, abundante, barata e que parecia miragem no meio da escassez, como

de casi setenta cuadras que era ya la procesión; todo un mundo que rodaba por la ciudad y que, durante dos afortunados días, pudo ser localizado gracias al globo aerostático que a un curioso inventor se le ocurrió lanzar y que era visible a más de cinco kilómetros a la redonda, pero que debió ser destruido porque, además de no contar con la autorización de ley para portar el decálogo de la Comisión Internacional de Derechos Humanos, atrajo a una parvada de gallinazos cuyas cagarrutas estuvieron a punto de echar a perder el éxtasis y la actividad de beatos y manoseadores y propiciar un desbande que, a decir verdad, ahora sí, nadie quería; el asunto era que Lima se llenaba de gente que venía del interior o del extranjero, que llegaba por millares para adorar al Cristo de Pachacamilla y encandilada también por el rumor cada vez más creciente, casi certeza, de la venida del Papa, atraido a su vez por este fenómeno inusual de fe, credulidad susurrante que, según los ingenuos tenía asidero en todo el rol de actividades que debía cumplir el Santo Padre y el protocolo de recepción que, afirmaban, se habían ya establecido, como rezaba el fólder respectivo, que algunos aseguraban

esse rio errante que, num ir e vir constante, circulava sem rumo certo por toda a extensão da nebulosa de quase setenta quadras que já tinha a procissão; todo um mundo que rodava pela cidade e que, durante dois afortunados dias, pôde ser localizado, graças ao balão aerostático que um curioso inventor lembrou de soltar e que era visível a mais ou menos cinco quilômetros, mas que precisou ser destruído porque, além de não ter autorização legal para exibir o decálogo da Comissão Internacional de Direitos Humanos, atraiu um bando de urubus, cujos excrementos estiveram a pique de pôr a perder o êxtase e a atividade de beatos e manipuladores e provocar uma debandada que, a bem dizer, agora sim, ninguém desejava; a verdade é que Lima enchia-se de gente provindo do interior ou do estrangeiro, acorrendo aos milhares para adorar o Cristo de Pachacamilla e também empolgada com o rumor cada vez mais forte, quase certeza, da vinda do Papa, atraído por sua vez por esse fenômeno insólito de fé, credulidade sussurrante que, segundo os ingênuos, tinha lugar no rol de atividades a serem cumpridas pelo Santo Padre e pelo protocolo de recepção que, afirmavam,

haber visto pese al membrete de confidencial que, para mayores señas, decían haber pasado por alto, versión que casi nos mata de risa a quienes sabíamos que el rumor provenía del Ministerio del Interior, pero que por más que lo afirmáramos con pruebas en la mano y los más variados recursos, pocos nos creían, porque todo el mundo juraba que su Santidad estaba ya en Lima para canonizar a Sarita Colonia, beatificar de cuerpo presente a doña Anita Fernandini de Naranjo, contentar a pobres y ricos y ver y bendecir a toda esta multitud que seguía llegando a la capital y que era una prueba viviente de estoicismo, faquirismo le llamábamos nosotros porque, en aras de la tradición, con un gesto que decía lo contrario de sus palabras de agrado los veíamos probar el tan mentado turrón de doña Pepa, cuyas confitura y miel estaban siendo reemplazadas por miga dura con anilina, vulgar mazamorra de cochino y hasta yeso dulce, asunto que los analistas del gobierno explicaron como un subproducto más de la escasez provocada por esas fuerzas disociadoras que todo buen peruano debía rechazar y denunciar, porque la situación se agravaba, más que nada porque esos mismos interesados

já se estabelecera, como constava no devido dossiê, que alguns garantiam ter visto com o carimbo de confidencial, o qual, para mais detalhes, diziam ter visto por alto versão que quase nos mata de rir, a nós, cientes de que o boato provinha do Ministério do Interior, mas que, por mais que o afirmássemos com provas nas mãos e os mais diversos recursos, poucos nos dariam crédito, pois juravam todos que sua Santidade já estava em Lima para canonizar Sarita Colônia, beatificar com o corpo presente dona Anita Fernandini de Naranjo, contentar a pobres e ricos e ver e abençoar a toda essa multidão que continuava chegando à capital e que era prova viva de estoicismo, faquirismo dizíamos nós, porque nos altares da tradição, com gesto que dizia o contrário de suas palavras de agrado, nós os víamos provar o tão comentado torrone de dona Pepa, cujos confeitos e mel estavam sendo substituídos por migalha dura com anilina, papa grosseira de porco e até gesso açucarado, assunto que os analistas do governo explicaram como mais um subproduto da escassez provocada por essas forças desagregadoras que todo bom peruano devia rechaçar e denunciar, porquanto a situação se

en crear el caos habían convencido a la gente de provincias que se viniera a la capital, con las consiguientes molestias para los habitantes natos y el turismo productivo, empujando a esas humildes familias a la orfandad y la miseria, porque si ya había en la ciudad más gente de la que podía soportarse, mire usted, qué casualidad que todos quieran venir a Lima, y, oh inconsciencia, hagan todo lo posible para lograrlo, y no era para menos, alegábamos, aquí venian todos porque, a nadie que tenga cinco dedos de frente se le escaparía que Lima era el único lugar donde se podía trabajar o, por lo menos, intentar hacerlo, y nos contestaban agitadores, y nosotros replicábamos fascistas, totalitarios, y la gente nos prestaba atención, y en el pleito sordo, días iban, días venían, en tanto la onda migratoria en movimiento permanente desequilibraba las armonías que la procesión doraba: mediando la segunda semana, la Corporación de Comerciantes entró en conflicto con la Hermandad, so pretexto de las molestias que causaba lo imprevisible del recorrido de la procesión y las pérdidas que ello ocasionaba; por cierto que la respuesta de la Hermandad fue violenta, con lo cual surgió un pleito

agravava, sobretudo porque esses mesmos interessados em criar o caos haviam convencido aos moradores das províncias que viessem à capital, com os consequentes transtornos para os habitantes nativos e para o turismo produtivo, jogando essas humildes famílias na orfandade e miséria, porque, se já existia na capital mais gente do que o suportável, veja você, não é surpresa quisessem todos vir a Lima e, oh inconsciência!, fizessem o impossível para consegui-lo; e não era para menos, aduzíamos: vinham todos para cá porque, a ninguém que enxergue a um palmo do nariz escaparia que Lima era o único lugar onde se podia trabalhar ou, pelo menos, tentar fazê-lo e nos acusavam de agitadores, enquanto os chamávamos de fascistas, totalitários, e o povo nos dava atenção, e em disputa calada, os dias se passavam, enquanto a onda migratória em movimento ininterrupto desequilibrava as harmonias que a procissão dourava: lá pela segunda semana, o Sindicato dos Comerciantes entrou em conflito com a Irmandade, sob pretexto dos transtornos causados pelo percurso imprevisível da procissão e das perdas daí decorrentes; evidentemente que a resposta da Irmandade foi

que amenazaba prolongarse todo el tiempo que durase la caminata del Cristo, si no fuera porque un periodista ligado a la cofradía divulgó que el asunto ocultaba el despecho ante la piadosa y cristiana protección que la Hermandad otorgaba al mercadillo ambulante que, a su vez, aunque esto ni meneallo, muy buenos cupos que pagaba; el asunto, que ya pasaba de castaño a oscuro, estaba a punto de ir a los tribunales, pero, una muy bien llevada campaña publicitaria, financiada por la Hermandad con las propinas de los millones de fieles, y la inminencia de boicot, algo así como una huelga de compradores, hizo que los comerciantes retirasen la querella y, más aún, cubrieran las calles por donde pasaba la procesión con hermosas y fragantes alfombras de flores que tejían, con una velocidad tan asombrosa como lo efímero de su gloria, artesanos traidos exprofesamente de Tarma; sin embargo, lo más importante empezó a gestarse desde el momento mismo de la mayor confluencia de gente en la ciudad capital: ochenta cuadras de apretujados fieles, apiñados de tal modo que apenas si se podía caminar, y que al compás de sus necesidades y urgencias iban dividiéndose en grupos que, si en un

violenta, resultando uma disputa que ameaçava prolongar-se por todo o tempo que durasse a caminhada do Cristo, se não fosse um jornalista ligado à confraria divulgar que o assunto ocultava o despeito face à piedosa e cristã proteção outorgada pela Irmandade ao pequeno comércio ambulante que, por sua vez (mas nem tocar nisto), pagava excelentes cotas; o assunto que já assumia cores turvas, estava a pique de ir aos tribunais, todavia, campanha publicitária mui bem conduzida, financiada pela Irmandade com as esmolas dos milhões de fiéis, e a iminência de boicote – algo assim como uma greve levou os comerciantes a retirar a queixa e, mais ainda, a cobrirem as ruas por onde passava a procissão, com lindos e perfumados tapetes de flores, que artesãos trazidos de Tarma só para isso teciam com velocidade tão assombrosa quanto o efêmero de sua glória; entretanto, o mais importante começou a nascer a partir do momento mesmo da maior confluência de gente na cidade capital: oitenta quarteirões apinhados de fiéis, de tal modo amontoados que mal se podia andar, e que, ao sabor de suas necessidades e urgências, iam-se dividindo em grupos que, se num primeiro

primer momento, hay que reconocerlo, surgieron espontáneamente, debido a la edad o en obediencia a meras simpatías y principalmente con el objetivo de proteger a las mujeres de los aprovechadores y la plaga de desmayos que provocaron y rateros, al ritmo de los hechos, paulatinamente, fueron respondiendo a diferencias tajantes como las de clase de origen o de aspiración y a regionalismos verdaderamente furibundos, dando a notar grupos claramente demarcados que tan pronto fueron cohesionándose provocaron reyertas, discusiones, polémicas, inicialmente por la forma como se asumía el culto, y posteriormente, ya con nosotros encaminando, esclareciendo y esclareciéndonos ascendió a conflicto social, no obstante los esfuerzos de la Asociación de Damas, que buscaba puntos de contacto, posibles acuerdos, desquiciadas conciliaciones, con una vehemencia y una aplicación que se hicieron nada después de una investigación que practicamos y publicamos en un volante en el que de pasadita le decíamos la vela verde a su presidenta, sacándole en cara las nada cristianas segregaciones de la tal agrupación, con lo cual se armó un tole tole en su seno, pues dividida en dos facciones su

momento, há que se reconhecer, surgiram espontaneamente, devido à idade ou como resultado de meras simpatias e principalmente com o propósito de proteger as mulheres contra os aproveitadores e a praga dos desmaios provocados e contra os larápios, com o andar das coisas, paulatinamente foram resultando de diferenças gritantes, como as de classe de origem ou de ambição e a regionalismos deveras exacerbados, destacando grupos nitidamente demarcados que, tão logo se foram harmonizando, provocaram entreveros, discussões, polêmicas, a princípio devido à maneira como se manifesta a devoção, depois, já então sob nossa orientação, esclarecendo e nós mesmos nos esclarecendo, transformou-se em conflito social, apesar dos esforços da Associação de Senhoras, que procurava pontos de contato, possíveis acordos, conciliações estapafúrdias, com veemência e aplicação que se evaporaram, após investigação que efetuamos e publicamos em folheto onde, de passagem, dizíamos verdades à sua presidenta, lançando-lhe ao rosto as segregações nada cristãs dessa agremiação, o que provocou um bate-boca em seu meio, pois, dividida em duas facções, sua

actividad se convirtió en lucha intestina, como decía alguien, por toda la porquería que se empezó a ventilar; felizmente, la prédica de la Asociación solamente caló en quienes auspiciaban el libre albedrío, el tránsito sin trabas por todo lugar y todo grupo, la libertad irrestricta de enyuntarse con cualquier oveja de redil, como hicieron los maricas que, al principio, iban solos o en parejitas, pero, después, ante las agresiones que les llovían de todas partes y los insultos de los moralistas y de los curas y monjas que, incluso, hijos de Sodoma esperma del diablo, llevaron a la pancarta su protesta, fueron paulatinamente, signos del Apocalipsis viento infernal, integrando una comunidad multicolor hasta que, de repente, todos a una, aparecieron un buen día vistiendo hábito modificado, una especie de túnica hasta los tobillos y, líbranos Señor mío y Salvador nuestro, con una abertura por atrás, para facilitar sus actividades, de tal modo bullangueras y desenfadadas que las apacibles monjas, armadas de santa cólera y de garrotes, prometieron limpiar el suelo de Lima con la sangre de los fulanos si es que la Hermandad seguía condescendiendo y no los arrojaba de la procesión y más, si no les

atividade virou luta interna, como dizia alguém, diante de todos os podres que começaram a ventilar; felizmente a prédica da Associação ecoou apenas nos que eram favoráveis ao livre arbítrio, ao tráfego irrestrito por toda a parte e todos os grupos, a liberdade incondicional de agrupar-se com qualquer ovelha do redil, como fizeram os maricas que, no início, iam sozinhos ou aos pares, mas depois, diante das agressões que lhes apareciam de toda parte e dos insultos dos moralistas e dos padres e freiras que, inclusive (filhos de Sodoma esperma do diabo), exibiram em cartazes seu protesto, foram paulatinamente (sinais do Apocalipse, vento infernal) integrando uma comunidade multicolorida, até que, de repente, numa só corrente, apareceram belo dia vestindo hábito modificado, uma espécie de túnica até os tornozelos e, livra-nos Senhor meu e Salvador nosso, com uma abertura atrás, para facilitar suas atividades, de tal sorte desenfreadas e libertinas que as tranquilas freiras, armadas de santa cólera e paus, prometeram limpar o solo de Lima com o sangue dos fulanos, caso a Irmandade continuasse a condescender e não os alijasse da procissão, e

prohibía usar el sacrosanto color morado; así, la alegre cofradía, la mar guiños y de gestos, después de discutirlo con una comisión ad-hoc, cambió el hábito por una túnica color naranja y convino desplazarse a la cola de las noventa y tantas cuadras de procesión, y ahí los teníamos a los ñaños, rezando, cantando, sonriendo, los ojos en blanco, dando grititos, convirtiendo sus pasos en una graciosa marcha de coquetos equinos, trotando sobre sus zuecos, morados para no quedarse con el gusto, labrando sonidos que buscaban lugar en el aire pesado de la ciudad, como salieron a buscarlo, hasta hallarlo, todas las putas de Lima que, después de haberse retirado a sus casas a esperar, respetuosamente, que pasaran los usuales dos días en que la ciudad se santificaba, calientes al fin porque esto no tenía cuándo acabar y había que ganarse la vida, abrieron los burdeles, los sahumaron con ruda de la buena suerte, dispusieron flores afrodisíacas como por descuido en los corredores, mandaron oficiar una misa a San Hilarión, hicieron correr la voz de que los quinientos primeros clientes tenían pase libre y esperaron, esperaron cuatro días, cinco, una semana, dos, hasta que dándose cuenta de que

mais, não os proibisse de usar a sacrossanta cor roxa; assim, a alegre confraria, mar de piscadelas e trejeitos, depois de discutir com uma comissão *adhoc*, trocou o hábito por uma túnica de cor alaranjada e aceitou deslocar-se para o fim dos noventa e tantos blocos de procissão; e lá os tínhamos aos pares, rezando, cantando, sorrindo, os olhos revirados, dando gritinhos, convertendo seus passos em graciosa marcha de meneios equinos, trotando em seus tamancos, roxos para não destoar do usual, produzindo sons que buscavam lugar no ar pesado da cidade, como saíram a procurá-lo, até achar, todas as putas de Lima que, depois de se recolherem em casa, esperando respeitosamente que transcorressem os costumeiros dois dias em que a cidade se santificava, irritadas afinal porque aquilo não parecia ter fim e era preciso ganhar a vida, abriram os bordéis, perfumaram-nos com arruda da sorte, ajeitaram como por descuido flores afrodisíacas nos corredores, mandaram rezar missa em São Hilarião, fizeram divulgar que os quinhentos primeiros clientes teriam entrada grátis, esperaram quatro dias, cinco, uma semana, duas, até que, percebendo que ninguém pensava pagar pelo

nadie pensaba pagar por lo que era una maravillosa posibilidad en las apretujaderas de la procesión, poniendo en juego sus encantos, su ingenio y hasta una bolsa de dinero para enfrentar a la policía que hacía soga para que no entre más gente, se echaron a las calles a ejercer su derecho al trabajo, y ahí sí que se armó la de San Quintín, porque ni la Hermandad, ni la Iglesia, ni las beatas, ni la honorable asociación de damas cristianas y, mucho menos, los recalcitrantes aguantaron semejante escarnio, y entonces, para que el escándalo no malograra lo que nadie hubiera querido dañar, amén de las influencias y los intereses que se movilizaron, se acordó que estas damas se fueran con los maricas a la cola de la galaxia, adonde cualquierita obtenia un magnífico servicio que, según categorías, incluía un aperitivo de enervante pisquito, un anís del mono para la digestión, algún licor añejo, su chichita de jora o si usted era abstemio un té, chocolate, toronjil o boldo, por los precios más módicos y con los mejores modales que demandaba la situación, claro que si usted prefería irse por bulerías y alejarse por un rato o para siempre de los conflictos que ya eran una papa caliente dentro de

que era uma maravilhosa possibilidade nos apertos da procissão, pondo em ação seus encantos, seu engenho e até uma bolsa de dinheiro para enfrentar a polícia, que esticava a corda a fim de que não entrasse mais gente, saíram pelas ruas exercendo seu direito ao trabalho, e aí sim é que estourou a de São Quintino, porque nem a Irmandade nem a Igreja nem as beatas nem a honorável associação de senhoras cristãs e, menos ainda, os recalcitrantes suportaram tamanho escárnio; e então, para que o escândalo não frustrasse o que ninguém queria prejudicar, além das influências e interesses em jogo, acordou-se que essas senhoras ficassem com os maricas no fim da galáxia, onde qualquerzinha obtinha magnífico serviço que, segundo as categorias, incluía um aperitivo de caninha estimulante, um anisete do macaco para a digestão, algum licor envelhecido, seu golinho de *jora* ou, se você fosse abstêmio, um chá, chocolate, melissa ou boldo, pelos preços mais módicos e do melhor modo que permitia a situação: claro que se você preferisse ir em busca de um arrasta-pé mais animado de dança e afastar-se por uns momentos ou definitivamente dos conflitos que já eram uma

la galaxia, podía pegarse una buena bomba en los barcitos ambulantes de aquella zona y, si no iba en patota, correrse en riesgo de amanecer sin un cobre, calato y tirado sobre un colchón de basura; a este universo debió pertenecer la viejita empequeñecida por los achaques, las arrugas y los años, que hallé berreando su soledad y que un primo llevó a su casa, con la alegría de quien encuentra de improviso la abuela que le faltaba a su vida; sin embargo, las mayorías andaban en pos de solucionar otros problemas existenciales; la gente llegaba y de inmediato buscaba algo qué hacer, porque en la ciudad capital no todo era rosarios y novenas pues había tal cantidad de personas a la caza de vacantes que los empresarios especulaban, sustentaban la competencia, pugnaban por la desaparición de los sindicatos haciendo firmar compromisos de abstinencia a los incautos y a los desesperados, jugaban al toma y daca con los sueldos aumentándolos o disminuyéndolos con malicia, dividiendo, sembrando discordia, confundiendo, sorprendiendo para luego cosechar a manos llenas, poniendo a los trabajadores entre la espada y la pared; o la aceptación o el despido, no faltaba más, total, si había

sopa quente dentro da galáxia, podia tomar um bom pileque nos barzinhos ambulantes daquela zona e, se não se juntasse em patota, correr o risco de amanhecer sem um tostão, despido e atirado num monte de lixo; a esse universo devia pertencer a velhinha mirrada pelos achaques, pelas rugas e pelos anos, com que topei choramingando na solidão e que um primo levou para casa, com a alegria de quem acha de improviso a avó que faltava em sua vida; entretanto, a maioria se esforçava para resolver outros problemas existenciais; as pessoas chegavam e procuravam logo algo para fazer, porque na cidade capital nem tudo eram rosários e novenas, pois havia tal quantidade de gente procurando ocupação, que os empresários especulavam, exigiam a competência, lutavam pelo desaparecimento dos sindicatos, levando os incautos e os desesperados a assinarem acordos de abstinência, praticavam o toma-lá-dá-cá com os soldos, aumentando-os ou diminuindo-os com safadeza, dividindo, semeando discórdia, confundindo, surpreendendo para em seguida colher a mãos cheias, pondo os trabalhadores entre a cruz e a espada: ou pegar ou largar, não fazia diferença, pois havia

miles peleándose los pocos puestos, porque ni siquiera había que consultar los diarios ya que a simple vista uno podía constatar que eran más, siempre más los que estaban en las calles, ejerciendo los oficios más inusitados, que los que desesperaban en los paraderos peleándose los ómnibus para ir trabajar, situación que hizo que los grupos que luchábamos contra este estado de cosas, nos organizáramos de tal manera, que no sólo brindábamos ayuda y orientación a los recién llegados, entre otras cosas, para evitar que en la desesperación del hambre o del desconcierto fueran persuadidos de sus bondades por los empresarios o por las decenas de rateros y asaltantes que hacían de las suyas en el laberinto de la ciudad, y les decíamos que se quedaran y que trajeran más gente, porque teníamos que ser más, y conversábamos y se convencían, logrando que la migración a la ciudad capital, que ya era enorme, adquiriera tales proporciones que el Gobierno, después de fracasar en la intentona de aminorarla, cobrando impuestos por la cantidad de maletas o de bultos, el número de hijos y allegados, el tiempo de permanencia proyectada, el cálculo de merma de la producción en el lugar de

milhares brigando por exíguas vagas, nem sendo preciso consultar os jornais, já que bastava olhar à volta para constatar que era cada vez maior o número dos que estavam nas ruas, executando as tarefas mais insólitas, do que daqueles que se desesperavam nos pontos, disputando ônibus para ir trabalhar – situação que levou nossos grupos que lutavam contra esse estado de coisa a organizarem-se de tal sorte que não apenas oferecíamos ajuda e orientação aos recém-chegados, entre outras coisas, para evitar que, no desespero da fome ou do desamparo não fossem dissuadidos de suas qualidades pelos empresários ou pelas dezenas de pilantras e assaltantes que aprontavam as suas no labirinto da cidade; e dizíamos-lhes que ficassem e trouxessem sua gente, porque carecíamos de ser em maior número, e conversávamos, e eles se convenciam, conseguindo que a migração para a cidade capital, que era enorme, alcançasse tais proporções que o Governo, depois de fracassar no esforço de diminuí-la, cobrando impostos sobre a quantidade de maletas ou de volumes, sobre o número de filhos e parentes, sobre o tempo estimado de permanência, sobre o cálculo de quebra de produção

origen, presumiblemente ocasionada por el migrante, mil de sutilezas, en fin, invocando los pretextos más disparatados, llegase a la valentonada de dispersar con la caballería una marcha organizada en protesta por el cerco que se había puesto a la ciudad, desatino que mereció la condena de la Organización Internacional de los Derechos Humanos, por lo que Inteligencia recurrió a la estrategia de intermitentes y sorpresivos cortes de agua, que convirtieron a Lima en un loquerío de baldes hurgando la ironía de un río que como el Rímac, tiene más piedras que corriente, piedras que se sumaron a la ira, a la impotencia, a la dignidad mellada y colmaron baldes y puños, para después estrellarse contra las duras caparazones de los policías; de nada valieron las bombas lacrimógenas y los palos porque el empuje de las señoras y sus certeros proyectiles de cacana y cascajo los hicieron correr ligerito, porque hasta sin caballos se quedaron, cojos como estaban por los clavos que sembramos en las calles y en las laderas de río, situación que llevó al gobierno a determinar que la guardia civil fuera apoyada por el ejército en el patrullaje de las calles, lo que detuvo en algo el ímpetu de la

no lugar de origem, supostamente provocada pelo migrante, mil sutilezas, enfim, sob a invocação dos pretextos mais disparatados chegasse ao extremo de dispersar com a cavalaria a marcha organizada em protesto pelo cerco instalado na cidade, desatino que mereceu a condenação da Organização Internacional dos Direitos Humanos, com o que a Segurança se valeu da estratégia de cortes de água intermitentes e imprevisíveis, que transformaram Lima numa loucura de baldes esgaravatando a ironia de um rio como o Rímac, que tem mais pedras do que correnteza, pedras que se somaram à ira, à impotência, à dignidade desqualificada e encheram baldes e punhos, para em seguida rebentarem contra os duros escudos dos policiais; de nada serviram as bombas lacrimogêneas e os cacetetes porque os empurrões das senhoras e seus certeiros projéteis de restos e pedregulhos obrigaram-nos a fugir depressinha, porque até sem cavalos ficaram, mancos como estavam devido aos espetos que espalhamos nas ruas e margens do rio – situação que obrigou o governo a ordenar que a guarda civil fosse apoiada pelo exército na patrulha das ruas, o que conteve em parte a fúria do povo, pois

gente, pues metían preso, cuando no un balazo, a todo el que mostrase disposición de líder o de agitador; felizmente, nos repusimos de golpe y andábamos mejor organizados, cuando, datos más o menos alarmantes que llegaban de las zonas de frontera, abonaron en nuestro favor, ya que teniendo en cuenta el gravísimo despoblamiento se optó por desplazar al ejército a los cuatro puntos cardinales, por si acaso algún país vecino tuviese la peregrina idea de invadirnos y, además, aunque esto no se decía, porque hasta las fronteras habían ido las grandes familias y sus dineros y su iniciativa empresarial, buscando aire propicio y puertas de salida, espantadas por los cambios de la ciudad capital, aunque en sus conversaciones invocaban el desorden, la suciedad, el peligro cierto de la epidemia de tifoidea, cuyos avances les llevaba el télex desde Lima, donde la procesión amagaba Palacio de Gobierno, por lo que, mediante altavoces, estaciones de radio y de televisión, editoriales de los diarios se decía que era imperioso mostrar buenos modales, respeto a la autoridad, amor al prójimo, orden y, sobre todo, fe, ahora más que nunca porque el Papa, al parecer, se hallaba en la ciudad,

prendiam, quando não baleavam os que se manifestavam como líderes ou agitadores; felizmente, logo nos refizemos e já estávamos melhor organizados quando, dados mais ou menos alarmantes que chegavam das áreas próximas nos foram favoráveis, já que, levando em conta o gravíssimo despovoamento, optou-se por deslocar o exército pelos quatro pontos cardeais, para o caso de algum país vizinho não ter a bizarra ideia de invadir-nos, e também (embora não se falasse nisso) porque haviam ido até as fronteiras as famílias importantes e seus dinheiros e sua iniciativa empresarial, em busca de ar propício e portas de saída, assustadas com as mudanças da cidade capital, e invocando em suas conversas a desordem, a sujeira, o perigo inevitável da epidemia de tifo, cuja aproximação lhes trazia de Lima o telex, onde a procissão ameaçava o Palácio do Governo, e por conseguinte, através de alto-falantes, estações de rádio e de televisão, editoriais dos jornais se dizia que era imprescindível mostrar bons modos, respeito à autoridade, amor ao próximo, ordem e, sobretudo, fé, agora mais do que nunca, porque o Papa, ao que parecia, achava-se na cidade e, mais

y para mayores detalles, alojado en el Palacio Arzobispal, y que solamente guardando disciplina obediencia tendríamos la excepcional fortuna de escucharle en una misa catada, a la que estaban invitados varios reyes europeos, el Presidente vitalicio de Haití, altos dignatarios de países amigos y estrellas de cine y cantantes de moda y reinas de belleza, que confraternizarían con el pueblo y firmarían autógrafos, y, claro, cantarían también en la misa junto al Papa y al casi beato Obispo de Nepal que traía un yeti auténtico, al que se bautizaría y colocaría el hábito morado durante la ceremonia, y todos se confundirían con nuestros bravos muchachos de la selección nacional de fútbol que regresaban invictos y ahítos de gloria de una gira por países centroamericanos y que luego jugarían, ahí mismo, un partido de exhibición, para dar sano esparcimiento a tanto sacrificado, refrescando saludablemente el largo cansancio y los nervios de la gente que, según los boletines de gobierno, caminaba como alucinada, levantando un rumor que semejaba el repliegue de playa pedregosa o de colmena alborotada, imagen que al parecer era certera y muy de gusto de Informaciones, porque se repetía hasta

especificamente, alojado no Palácio Episcopal, e somente se mantendo a disciplina, a obediência, teríamos a felicidade extraordinária de escutá-lo numa missa cantada, para a qual estavam convidados vários reis europeus, o Presidente vitalício do Haiti, altos dignatários de países amigos e estrelas de cinema e cantores da moda e rainhas de beleza, que confraternizariam com o povo e dariam autógrafos e, claro, cantariam também na missa ao lado do Papa e do quase beato Bispo do Napal, que trazia um ieti autêntico, que seria batizado e receberia um hábito roxo durante a cerimônia, e todos se misturariam aos nossos bravos rapazes da seleção nacional de futebol que, invictos e estourando de glória, voltavam de um giro por países centro-americanos e que depois jogariam, ali mesmo, uma partida de exibição, para dar sadia vazão a tanto sacrifício, arejando salutarmente o imenso cansaço e os nervos do povo que, segundo os boletins do governo, caminhava como alucinado, erguendo rumor semelhante ao roar de praia rochosa ou de colmeia alvoroçada, imagem pelo visto exata e bem ao gosto do Departamento de Informações, porque era repetida até nos telégrafos, com o

en los cables, con el agregado de un indiscernible presentimiento de que en cualquier instante ocurriese lo inimaginable, porque ya se venían los resultados de las rondas que habíamos establecido y que habían borrado del mapa a los rateros, permitiéndonos una mejor organización y crear sentimientos de solidaridad, pues, hombres y mujeres, templados ya en el arte de esquivar a la policía y a los soplones, andábamos en el asunto de forjar lo que había que forjar, juntos, firmes como un queso, sólo nos daban problemas los enfermos o los incontinentes, que únicamente pensaban en la cachandanga, o en el juego, porque los devotos y los hermanos y beatas, estaban en lo suyo, y los lumpen, por lo demás, en parte corridos por nuestras rondas y en parte por la propia necesidad de definición, tan pronto vieron que las papas quemaban, fueron trasladándose a otros lugares donde, además, estaba el dinero; lo que llaman la polarización de fuerzas era tal que a nadie sorprendiera ver cómo una carroza, surgida de no se sabe dónde, resultó envuelta por la procesión, a la que acompañó durante tres días con sus noches, hasta que el hedor se hizo tan insoportable que se la tuvo que rescatar

acréscimo de um imperceptível pressentimento de que a qualquer momento ocorreria o inimaginável, porquanto já se viam os resultados das rondas que implantáramos e que tinham apagado do mapa os larápios, propiciando-nos uma melhor organização e criar sentimentos de solidariedade, pois, homens e mulheres, afeitos já na arte de esquivar-se da polícia e dos delatores, empenhávamo-nos em aprontar o que era preciso aprontar, juntos, firmes como um queijo: só nos davam problema os doentes ou os descontrolados, que só pensavam na trepação ou no jogo, porque os devotos e os irmãos e as beatas ficavam na sua, e os lumpens, por sua vez, em parte afugentados por nossas rondas e em parte pela própria necessidade de definir-se, tão logo viram que a sopa queimava, foram-se deslocando para outros lugares, onde além disso estava a grana; o que chamam de polarização de forças era tal que a ninguém surpreendeu ver como uma carroça, vinda não se sabe donde, acabou envolvida pela procissão, acompanhando-a durante três dias e três noites, até que o fedor se tornou tão insuportável, que foi preciso retirá-la com gigantesco guindaste, o qual, ao levantá-la,

con una gigantesca grúa que, al levantarla, dejó leer el cartelón en el que se decía que algo se pudre en el Palacio de Gobierno por la pestilencia y la cantidad de gusanos que pululaban en sus escritorios; la risa de la irreverencia, la sorna de la incredulidad, ya casi general, se expandió como una ola batiente y las cosas cambiaron y todos compartimos el brillo zumbón de las miradas cuando el juan lanas del Ministro de Educación, en el intento de aprovechar lo que sus asesores llamaron situación favorable, quiso quebrar la huelga de los maestros ligándola a un presunto complot contra la fe religiosa de nuestro pueblo, maldad que no contenta con privar a nuestros hijos de escuela durante cuatro largos meses, trataba de empañar la belleza y la piedad de esta ceremonia litúrgica y deslucir ante el mundo entero y, lo más grave, ante los ojos del Santo Padre, el prestigio democrático de nuestro católico y humanista gobierno, con esos volantes infamantes y su labor subversiva que no compadeciéndose de la limpia mirada y el piadoso ejemplo del Cristo de Pachacamilla, orquestaba en torno suyo una acción colectiva peligrosísima, disociación que de seguro los haría ganarse la excomunión y la repulsa de la

permitiu se lesse um cartaz onde se dizia que algo apodrece no Palácio do Governo devido à pestilência e à quantidade de vermes que pululam em seus gabinetes; o riso da irreverência, a sornice da incredulidade, já quase geral, espalhou-se como onda agitada e as coisas mudaram e todos partilhamos o brilho zombeteiro dos olhares, quando o banana do Ministro de Educação, no intuito de aproveitar o que seus assessores chamavam de situação favorável, quis acabar com a greve dos professores, associando-a a suposto complô contra a fé religiosa de nosso povo – maldade que, não satisfeita de privar nossos filhos da escola durante quatro longos meses, procurava empanar a beleza e a piedade desta cerimônia litúrgica e deslustrar diante do mundo todo e, o mais grave, aos olhos do Santo Padre, o prestígio democrático de nosso governo católico e humanista, com esses volantes difamadores e sua ação subversiva que, sem se compadecerem com o olhar límpido e o exemplo piedoso do Cristo de Pachacamilla, orquestrava à sua volta um movimento coletivo perigosíssimo, dissolução que por certo lhes redundaria em excomunhão e desprezo dos cidadãos; mas o que não

ciudadanía; pero, lo que no tomaron en cuenta el Ministro y sus asesores y todos los que organizaban el sinsentido, fue que le falta de trabajo, los abusos, las injusticias largamente soportadas, la realidad del Estado que hedía más que las calles sucias, las conversaciones que fustigaban como rayos la atmósfera pesada, la reflexión en mitad de la trifulca, fueron alzando voces airadas y una incredulidad que se fue expandiendo, hasta hacer papel picado la propaganda gubernamental, llevándonos a pensar que con una pizca de empeño y decisión esto podía convertirse en algo nuevo, como informó a toda prisa el Servicio de Inteligencia, recomendando dar la orden de inamovilidad porque Palacio de Gobierno estaba ya a sólo cuatro horas de camino de la procesión, a la que no había forma de desviar de cauce, y ring, sonaron todos los teléfonos de la ciudad y voces agitadas ordenaron el regreso del ejército para un bloqueo, en verdad ya extemporáneo, y entregarle el patrullaje de las calles, a las cuales, acogiendo recomendaciones de los más sagaces asesores, se les suprimió nombres, se les cambió de fisonomía para hacerlas idénticas a otras, completando la escenografía con calles y casas de cartón,

levaram em conta o Ministro e seus assessores e todos que tramaram o disparate foi que a falta de emprego, os abusos, as injustiças amplamente suportadas, a realidade do Estado que fedia mais que as ruas sujas, as conversas que fustigavam como raios a atmosfera pesada, o reflexo em metade da confusão, foram erguendo vozes exaltadas e uma descrença que se expandiu até converter em papel picado a propaganda governamental, levando-nos a pensar que com um bocadinho de empenho e decisão isso se podia converter em algo novo, conforme apressadamente informou o Serviço de Segurança, recomendando que fosse dada a ordem de imobilidade porque o Palácio do Governo estava já a apenas quatro horas de jornada da procissão, cujo rumo era impossível desviar, e ring, tocaram todos os telefones da cidade e vozes agitadas ordenaram a volta do exército para um bloqueio, em verdade já extemporâneo, e entregar-lhe a patrulha das ruas, das quais, acolhendo recomendações dos assessores mais argutos, se lhes omitiram os nomes, mudaram-lhes a aparência para assemelhá-las às demais, completando o cenário com ruas e casas de papelão, que inevitavelmente

que invariablemente desembocaban en el río, todo con el ánimo de que creyéramos no saber dónde estábamos, adónde íbamos y cómo terminaríamos, tentando arrojarnos al imperio de la incertidumbre, planeando la manera de acabar con este asunto que ya era una pelotera de fuego, aunque fingían que velaban por la integridad de la tradición, como que en el colmo de la simulación y para no ponerse en evidencia ante los reporteros extranjeros y los informantes de la Organización Internacional de los Derechos Humanos, la Guardia Civil hizo importar gases lacrimógenos con olor a incienso, metralletas figurando inocentes cirios blancos, unas como ambulancias que no eran otra cosa que camionetas celulares y toneladas de toneladas de coloridos pétalos urticantes que dejaban caer sobre la multitud, en vuelo rasante, aviones militares pintados de lila, sin embargo, pese a la sutileza, nos enteramos que se estaba presionando al Arzobispado para que, a su vez, conminara a la Hermandad para que, si no podía dar fin al peregrinaje, por lo menos proscribiera la tradicional frase *avancen hermanos*, que se estaba convirtiendo en grito subversivo, consigna de progresión ideológica o de asalto

desembocavam no rio, tudo com a expectativa de que acreditássemos não saber onde estávamos, aonde íamos e como terminaríamos, procurando atirar-nos nas malhas da incerteza, planejando o modo de acabar com esse assunto que já era uma briga acirrada, apesar de fingirem que zelavam pela integridade da tradição e, no cúmulo da simulação e para não se exporem diante dos repórteres estrangeiros e dos informantes da Organização Internacional dos Direitos Humanos, a Guarda Civil mandou importar gazes lacrimogêneos com odor de incenso, projéteis simulando velas brancas, ambulâncias que não eram outra coisa senão caminhonetas policiais, e toneladas mais toneladas de pétalas coloridas urticantes, que aviões militares pintados de lilás, em vôo rasante, lançavam sobre a multidão, apesar de que, vista a sutileza, dávamo-nos conta de que se estava pressionando o Arcebispado para que, de seu lado, obrigasse a Irmandade a que, se não podia dar fim à peregrinação, pelo menos abolisse a frase tradicional *avancem irmãos,* que se estava convertendo em grito subversivo, lema de estímulo ideológico ou de ataque palaciano, ou ambas as coisas, não se

palaciego, o ambas cosas, no se sabía, pero el decreto de prohibición ya tenía sello y rúbrica, y si usted no quería ir preso o cuando menos ganarse un apaleamiento, debía tan solamente hacer una mueca que la gente entendía perfectamente, aunque si lo veían conocía usted en carne propia cómo duele aquello a lo que llaman el brazo de la ley, en esta suerte de guerra no declarada, que únicamente requería de pretextos para romper fuegos, y así, la soterrada batalla, hasta que al fin la marejada llegó a Palacio, entre una mal encubierta lluvia de palos que caía inmisericorde, con la angustia de acallar la silbatina y los insultos y los lemas que alzaban coros intermitentes que en cualquier momento podían desbordar la vigilancia de militares y policías, que acrecentaban su dureza para mostrarse eficaces ante la presencia del Dictador que ya se acercaba al anda, abriéndose paso, como un sol trágico, entre la nube de vigilantes, guardaespaldas y ministros, haciendo una ostentosa señal de la cruz, como para que todos lo vieran, especialmente los tiradores que asomaron de los edificios de la Plaza de Armas y fingiendo no oír los gritos, alzó los ojos al cielo y luego los dirigió hacia el Palacio

sabia, mas o decreto de proibição já estava selado e assinado, e se você não queria ser preso, nem mesmo espancado, devia tão somente fazer um trejeito que o pessoal entendia perfeitamente, apesar de que, se o percebessem, sentiria você na própria carne como dói aquilo que chamam o braço da lei, neste tipo de guerra não declarada, que não precisava senão de pretextos para abrir fogo, e desse modo, a batalha submersa, até que afinal a marejada chegou ao Palácio, sob mal disfarçada chuva de cacetetes que caía sem piedade, no desespero de aplacar os apupos e os insultos e as palavras de ordem que erguiam coros intermitentes, podendo a qualquer momento vencer a vigilância de militares e policiais, que aumentavam sua violência para mostrarem-se eficazes na presença do Ditador, que já se aproximava do andor, abrindo caminho, como um sol trágico, em meio à nuvem de seguranças, guarda-costas e ministros, fazendo ostentoso sinal da cruz, para que todos vissem, especialmente os atiradores que assomaram nos edifícios da Praça de Armas, e fingindo não ouvir os gritos, levantou os olhos para o céu e em seguida os dirigiu ao Palácio Episcopal, perfilando-se em imponente

Arzobispal, cuadrándose en imponente saludo militar que de inmediato cambió en humildísimo gesto de último siervo del Señor, concentrando la atención de todos y la ilusión de muchos y la taquicardia unánime en el balcón cardenalicio, donde un alto sacerdote lucía esplendente sotana marfil, hasta que un gesto suyo y un grito lo descubrieron como nuestro querido y venerado Cardenal, disipando, mal lo quisieran, la versión *allí está el Pap...* que verdeó por un rato, para luego estallar en cólera, en tanto el Dictador dejaba a los pies del anda un ramo de flores de oro purito, en nombre del padre, del hijo y del espíritu santo, alzando un Padre Nuestro en su voz que era como una ordenanza, pero que, pese a conservar el tono conminatorio de sus días de cuartel, no pudo sobreponerse a la ola embravecida que a gritos preguntaba por presos y asesinados, mencionando sus nombres y los nombres de los enfermos y los golpeados y recordando los decretos del hambre, del desempleo, de las prerrogativas de los ricos y de las empresas, con claridad rotunda y una decisión que rió a carcajadas, con el más claro desprecio cuando el Dictador despositó ante el micrófono y los pies del Señor la

saudação militar, que prontamente mudou em humílimo gesto de último servo do Senhor, atraindo a atenção de todos e a ilusão de muitos e a taquicardia unânime no balcão cardinalício, onde importante sacerdote exibia esplendorosa batina cor de marfim, até que um gesto dele e um grito o revelaram como nosso querido e venerado Cardeal, dissipando, a contragosto, a versão *olha lá o Pap*.... que aflorava de leve, para em seguida estourar em cólera, enquanto o Ditador deixava aos pés do andor um ramo de flores de ouro puro, em nome do pai, do filho e do espírito santo, erguendo um Padre Nosso com voz que era como uma ordem, mas que, mesmo conservando o tom ameaçador dos tempos de quartel, não logrou sobrepor-se à onda enfurecida que aos gritos perguntava pelos presos e assassinados, mencionando seus nomes e os nomes dos doentes e dos agredidos e lembrando os decretos da fome e do desemprego, das prerrogativas dos ricos e das empresas, com absoluta clareza e determinação, que estourou em gargalhadas do mais claro desprezo, quando o Ditador depositou diante do microfone e aos pés do Senhor a promessa de convocar eleições, e agradeceu em

ofrenda de convocar a elecciones y dar gracias, en el nombre del padre, por los quince años, en el nombre del hijo, de fructífero pero, en el nombre del espíritu santo, agobiante gobierno, amén, daba la espalda a la imagen bendita, entre los aplausos de sus incondicionales, y abría su corazón al grito de satisfacción y descarga emocional que esperaba saliese de todas las bocas, para sólo escuchar el chirrido de los enormes cerrojos de la puerta de Palacio, el zumbido de un apurado helicóptero que venía por él, y el rugido de la multitud y el inconfundible silbido de las balas, mientras el anda reiniciaba su caminata por una ciudad sin calles, una caminata difícil y más definitoria que nunca, porque también el Cristo buscaba enredarse en sus rutas centenarias, en un recorrido que a fuerza del empecinamiento, o de la solidaridad, pensábamos, era tan impredecible como la trayectoria de un cometa errante, preñado de gritos que ya no eran descontento nomás, sino una inminencia que se percibía en el aire, como ese penetrante olor a pólvora y a sangre que ya se adivinaba y que añadía desazón a la incertidumbre de los indecisos porque los cambios parecían encaminarse a la rotundidad, como que a las

nome do pai, pelos quinze anos, em nome do filho, de frutífero mas, em nome do espírito santo, agoniado governo, amém, dava as costas à imagem bendita, entre os aplausos de seus fanáticos, e abria seu coração ao grito de satisfação e desabafo emocional que esperava saísse de todas as bocas, para escutar apenas o ranger dos enormes ferrolhos da porta do Palácio, o zumbido de um nervoso helicóptero que vinha buscá-lo, e o rugido da multidão e o zunir inconfundível das balas, enquanto o andor reiniciava sua caminhada por uma cidade sem ruas, caminhada difícil e mais definidora do que nunca, porque também o Cristo procurava enredar-se em suas rotas centenárias, num percurso que, por força da pertinácia ou da solidariedade, pensávamos, era tão imprevisível quanto a trajetória de um cometa errante, prenhe de gritos que já não eram simples descontentamento, e sim algo iminente que se percebia no ar, como esse cheiro penetrante de pólvora e sangue que já se adivinhava e que acrescentava dissabor à incerteza dos indecisos porque as mudanças pareciam ir dando em nada, por exemplo, saindo às dez horas da Praça de Armas, edições especiais dos diários

diez horas de salir de la Plaza de Armas, emisiones especiales de los diarios traían la noticia de la proclamación de Arequipa como capital provisional del Perú y nueva sede del gobierno y el decreto de día feriado no laborable en la zona sur y el discurso resabioso con que el lagarto quiso ganarles la voluntad a los mistianos por el lado flaco de su vanidad y disminuir los disturbios y bajarles la moral a los que alegarían que por culpa de los revoltosos se le quitaba categoría a las tres veces coronada y confundir y agitar y confundir, porque hasta los guardias que mal iban a cumplir su servicio preguntaban, con una luz incierta en las miradas y un deseo de condescender a cualquier señuelo, adónde, por favor, adónde va la procesión pese a que bastaba levantar las narices y colocarlas contra el viento para sentir clarito el incienso, el humo todavía incitante de los anticuchos, el moho de las beatas, el ácido de los orines y el olor astringente de algunas parejas cuyo celo no podía ser más inoportuno, porque había que estar negado de los sentidos para no percibir el amenazante aroma de la pólvora, el ruido multiforme, el ulular de las sirenas, porque toda la ciudad era el movimiento, la convulsión, porque el cerco

traziam a notícia da proclamação de Arequipa como capital provisória do Peru e nova sede do Governo, e a decretação de feriado sem trabalho na zona sul e o discurso rancoroso com que o lagarto quis conquistar a vontade dos místicos pelo lado fraco de sua vaidade e diminuir os distúrbios e arrefecer o ânimo daqueles que alegassem que, por culpa dos revoltosos, tirava-se o prestígio da três vezes coroada, e confundir e agitar e confundir, porque mesmo os guardas, que mal iam cumprir seu serviço, perguntavam, com luz incerta no olhar e desejo de condescender a qualquer sonhozinho, aonde, por favor, aonde vai a procisão, apesar de que bastava levantar o nariz e colocá-lo contra o vento para sentir bem o incenso, a fumaça ainda agressiva dos espetinhos de fígado, o mofo das beatas, a acidez de urinas e o odor adstringente de alguns pares cujo zelo não podia ser mais inoportuno, porque era preciso estar-se privado dos sentidos para não perceber o cheiro ameaçador da pólvora, o ruído multiforme, o berrar das sirenes, porque toda a cidade era o movimento, a convulsão, porque o cerco que o exército havia posto ao redor da cidade nos tornava a todos

que el ejército había colocado alrededor de la ciudad nos hacía a todos partícipes, porque escapar era más difícil que salir al extranjero o pedir residencia en las provincias exclusivas de la frontera, porque alguien estaba apañando a esos comunistas de mierda y como la revuelta podía expandirse dígale al curita ése que se deje de vainas y que ya mismo acabe con la procesión, dicen que gritó el Dictador en su nueva sede de gobierno, y el Cardenal, oficiando de gran aguafiestas, a los veinte días exactos de procesión, decidió que ya era mucho el abuso, sin decirlo, por cierto, y decretó que el asunto terminara de inmediato y que la imagen quedase hasta el año entrante en el lugar donde le diera la noche, obligando a los morenos cargadores a hacer la consulta respectiva de si eso significaba que el Señor se podía quedar en plena calle y al Cardenal a contestar con un célebre carajo y a los morenos cargadores a que casi corrieran y sacaran fuerzas de no se sabe dónde para hacer frente a nuestra oposición, una suerte de contracorriente, que impulsábamos paralelamente a acciones sorpresivas que ya contaban con la colaboración y simpatía del pueblo, mientras el ejército apretaba el cerco, en un movimiento de

participantes, pois escapar era mais difícil do que ir para o estrangeiro ou pedir asilo nas províncias exclusivas da fronteira, porquanto alguém estava agarrando esses comunistas de merda, e como a revolta podia espalhar-se, diga-se a esse padrezinho que deixe de enrolar e termine agora mesmo com a procissão, dizem que berrou o Ditador em sua nova sede do governo e o Cardeal, oficiando como desmancha-prazeres, aos vinte dias exatos de procissão, concluiu que o abuso já ia longe (sem o dizer, claro), e determinou que se encerrasse a coisa de imediato e que a imagem ficasse, até o início do ano entrante, no lugar onde a apanhara a noite, obrigando os carregadores pardos a fazer a devida consulta de que se isso significava que o Senhor podia permanecer em plena rua, e o Cardeal a responder com um solene *carajo*, e aos carregadores pardos a quase correrem e arrancar forças não se sabe donde para fazer frente à nossa oposição, uma espécie de contra fluxo, que empurrávamos juntamente com as ações-surpresas que já contavam com a colaboração e simpatia do povo, enquanto o exército apertava o cerco, num movimento de pinças que nos queria forçar a

pinzas que nos quería hacer desembocar de todas maneras en Las Nazarenas, y también usando el método del desembalse que consistía en dejar algunas salidas para que los devotos o quienes querían irse de la procesión saliesen y dejarnos solos a los cargadores y a nosotros, pero no contaron conque muchos de los nuestros también salieron para atacar por la retaguardia, con lo que se produjo la pelotera de la Avenida Tacna, donde nadie sabría decir quién disparó primero, la cosa es que se armó la balacera y la barahunda de la gente que corría y que gritaba y los mierdas de la caballería que emparaban con los sables en mano y los morenos emperrados en guardar al Cristo en su iglesia, distrayéndonos fuerzas en tratar de impedirlo, pues la imagen era nuestra única defensa frente al ejército que ya se preparaba a cargar con todo y tanques, hasta que, tras el parapeto sagrado, sentimos un regocijo que se abría paso entre la pólvora y los asfixiantes gases, porque los fogonazos empezaron a hacerse nada ante la detonación rotunda de los petardos que venían arrojando como granos de maíz los mineros que venían desde Cerro, Toquepala, Cuajone a nuestro encuentro, después de haber

desembocar fosse como fosse em Las Nazarenas e também empregando o método de "abrir brecha", que consistia em deixar algumas saídas para que os devotos, ou os que desejassem deixar a procissão, saíssem e restássemos apenas nós e os carregadores, mas não previram quç muitos dos nossos também saíram para atacar pela retaguarda, com o que resultou o entrevero da Avenida Tacna, onde ninguém sabia dizer quem atirou primeiro: a verdade é que estourou o maior caos na multidão que corria e gritava, com os merdas da cavalaria empurrando com os sabres na mão e os pardos decididos a guardar o Cristo na sua igreja, desviando nossas forças que se empenhavam em impedi-lo, pois a imagem era nossa única defesa contra o exército, que já se preparava para atacar com tanques e tudo, até que, por trás do anteparo sagrado, notamos uma agitação que abria espaço entre a pólvora e os gazes asfixiantes, porque o queimar da pólvora começou a perder efeito diante do estouro formidável dos petardos que estavam disparando como grãos de milho os mineiros que vinham ao nosso encontro de Cerro, Toquepala, Cuajone, para alegria nossa e alegria daquela flauta que nos

roto el cerco, para nuestra alegría y la alegría de aquella flauta que nos acompañó las seis horas que aguantamos, pero faltaban la estrategia y las armas del ejército que nos hicieron retroceder y lamentar a nuestros caídos entre la mucha sangre y la mucha esperanza que quedaron regadas en las calles; seis horas, pues, y luego a correr por el río, a tocar puertas amigas, a trepar por los techos, a buscar que hacerse humo y estar a salto de mata, escondiéndose de los soplones y de las patrullas que iban de casa en casa, oleteando, registrando, allanando, y así varios meses, comunicándonos de los modos más ingeniosos con los que todavía persistían, porque muchos desertaron sabrá usted, y otros se hicieron los locos cuando las cosas se pusieron feas arguyendo que sólo arriesgan quienes nada tienen; y así, entre pequeñas alegrías y no pocos quebrantos, cuando aseguraban habernos jodido, les hicimos saber que aquella noche, a las doce clavadas, mientras las andas de oro y plata, ornadas por las flores más hermosas de que se tenga recuerdo, entraban a su iglesia, penetrando la gasa de lluvia que cubría Lima, nosotros iniciábamos la resistencia, que en vano han tratado de combatir, porque de nada han

acompanhou durante as seis horas que aguentamos; mas havia ainda a estratégia e as armas do exército que nos fizeram recuar e lamentar os nossos caídos entre a quantidade enorme de sangue e de esperança que regaram as ruas: seis horas, portanto, e depois a corrida pelo rio, batendo em portas amigas, subindo nos telhados, tentando virar fumaça ou apinhar-se na mata, escondendo-se dos delatores e das patrulhas, que iam de casa em casa, olhando, registrando, invadindo, e isso durante meses, enquanto nos comunicávamos dos modos mais engenhosos com os que ainda resistiam, porque saiba você que muitos desertaram, e outros se desarvoraram quando as coisas ficaram pretas, aduzindo que só se arriscam os que nada têm; e assim, entre pequenas alegrias e não poucos desalentos, quando asseguravam ter-nos ferrado, lhes fizemos saber que naquela noite, às doze em ponto, enquanto o andor de ouro e prata, ornado das flores mais bonitas de que se tem lembrança, entrava em sua igreja, atravessando o véu de chuva que cobria Lima, começávamos a resistência que em vão tentaram combater, porque de nada adiantaram as prisões e as proibições, nem que a procissão não

valido los arrestos y las prohibiciones y que la procesión no salga más y que supriman los sindicatos y que recesen las universidades y que pongan bajo régimen militar minas y haciendas, porque ya estamos aquí en estas quebradas de donde no han podido ni podrán sacarnos, porque cada día somos más y, como ve, mejor organizados y no como nos achaca la propaganda gubernamental, porque no somos bandoleros, ni aventureros, como usted ve, como le vengo contando, con la esperanza de que no solamente escriba la historia verdadera sino que se anime a quedarse con nosotros.

NE. Esta transcrição *ipsis litteris* da 1ª edição de *Sahumerio* de Luis Fernando Vidal editada em Lima, Peru no ano de 1981 pela Lluvia editores, foi feita por Luís Eduardo Couceiro Pio Pedro na cidade de São Paulo de 16 a 20 de janeiro de 2005 para servir de base à tradução desta obra para a língua portuguesa.

saia mais, e que suprimam os sindicatos e tolham as universidades, e ponham sob guarda militar minas e fazendas, pois já estamos aqui nestas quebradas, de onde não conseguiram nem conseguirão tirar-nos, porquanto a cada dia somos mais e, como você vê, melhor organizados e não como nos pinta a propaganda governamental, porque não somos bandoleiros nem aventureiros, como você vê, como o venho narrando, esperançoso de que você não apenas escreva a história verdadeira como também se anime a permanecer entre nós.

NOTA A ESTA EDIÇÃO

Há alguns anos, o amigo Luís Eduardo Pio Pedro, que de longa data alimenta minhas aventuras de editor diletante, contou-me que, visitando em janeiro de 2000 o Prof. Antonio Candido, este lhe dissera que considerava *Sahumerio*, de Luis Fernando Vidal, uma das novelas mais interessantes da literatura latino-americana, discorrendo sobre ela e o autor, de quem fora muito amigo, e que morrera prematuramente numa noite de Natal ao abrir a porta de seu automóvel e ser colhido por outro que trafegava rente ao seu.

Mordido pela curiosidade, saiu o amigo Luís Eduardo em busca da novela e acabou achando pela internet a simpática plaqueta original num sebo norte-americano; ao recebê-la, grata surpresa trazia sugestiva dedicatória autografada do autor.

 Passou-me Luís digitalizado o texto castelhano, que eu me aventurei a pôr em português, com a mera intenção de que sirva de apoio à leitura do original. Tínhamos a promessa generosa do Prof. Antonio Candido de que ele faria uma nota de apresentação, caso surgisse a oportunidade de realizar uma edição.

 Anos se passaram e afinal a Faria e Silva Editora registra entre nós a existência desse texto de Luis Fernando Vidal, cuja força e originalidade vêm atestadas nas palavras introdutórias do Prof. Antonio Candido, a quem aqui externamos nossos agradecimentos.

C. Giordano

—

Este livro foi composto com a tipologia
Minion Pro e impresso em papel
Pólen Bold 90g/m^2 em abril de 2021.